图书在版编目（CIP）数据

一杯会思考的咖啡 / 罗智勇著 . -- 西安：太白文艺出版社，
2024. 8

　　ISBN 978-7-5513-2676-6

Ⅰ . I227

中国国家版本馆 CIP 数据核字第 2024LJ0795 号

书　　名	一杯会思考的咖啡
书名拼音	YI BEI HUI SIKAO DE KAFEI
作　　者	罗智勇
责任编辑	汤阳
封面设计	Luke
版式设计	Luke
出版发行	太白文艺出版社
经　　销	新华书店
印　　刷	武汉鑫佳捷印务有限公司
开　　本	880mm×1230mm　1/32
字　　数	220 千字
印　　张	9
版　　次	2024 年 8 月第 1 版
印　　次	2024 年 8 月第 1 次印刷
书　　号	ISBN 978-7-5513-2676-6
定　　价	59.00 元

炭火与深情

杨　克

　　近年，在我对一些诗人进行的阅读中，发现诗人罗智勇可以说是值得一说的一个。读他的诗歌，我既能感受到他诗歌的写作技艺，也能捕捉到他情感深厚的底蕴。他在日趋纷乱的现代诗歌中有所坚守，不乏质地坚实的作品。可以说，他是一位优秀的诗人，他的写作为我们提供了一些必要的借鉴。

　　罗智勇于 1970 年出生于湖北省阳新县，欣逢国家改革开放的际遇，他凭着自己的聪明才智勇闯商海，在经济领域也算风生水起，我曾在写李白壮游长江的长诗题记中写道，在当代中国，不是诗人，而是一代代人的创业精神，浓墨重彩地重写了青年李白出川仗剑远游时激扬文字的蓬勃气象。在奔忙于其职业的"有用"性上，罗智勇不忘兼顾"无用"的诗歌，为自己的生活找到了一个很好的平衡点。他在国家级刊物上发表了不少诗歌，好些作品给人留下了鲜明印象。人不是吃饱穿暖就能满足，还得有精神生活，需要有一些非物质的东西去抵挡这个世界带给我们的伤害。罗智勇用诗歌展翅诗坛，完成了人生蜕变。

一、诗人内心怀抱着炭火

罗智勇擅长写人生百态，他刻画人物栩栩如生，他用他诗人的视角去描摹社会上各色各样的人。作为一位"成功人士"，他就来自民间。他没有忘记自己写作的初心，心怀苍生：

一个卖麦芽糖的老人

卖了一辈子麦芽糖
也没有赚到一个隆重的葬礼
一副杉木棺和一堆石灰粉
陪他入土
寥寥几个乡亲送行
一副担子遗失在那间破房子
无人认领

跛着脚戴着破草帽
挑着担子穿村过巷
一支牙膏皮一包鹅毛
叮当叮当几声响
一片麦芽糖甜着儿时的记忆

那时赚不了工分
终身未娶
花花绿绿的糖变迁了时代
他越来越老了
路走得越来越慢

依旧与麦芽糖相依为命

他苦了一生
却和甜过了一辈子

这位卖麦芽糖的老人，一生赚不了几个钱，终身未娶，一辈子与麦芽糖相依为命。最后两句写得很好："他苦了一生／却和甜过了一辈子。"这里的"甜"一语双关，既指麦芽糖的味道，又指给他人带来甜美的童年记忆。花花绿绿的糖变迁了时代，而总有那么一个人，却让人难以忘怀。罗智勇刻画人物细致入微，别具一格，充满了一个时代的特色。读这首诗，让人怀念起手工制作的时代和那些活生生的人物，引人深思。

在这个世上，其实没有一种生活不疼痛，那是因为它是人的恒久存在的状态之一。罗智勇关注着社会百态，关注着老百姓的幸福与辛酸，那是人永远不能抛弃的一种状态，它将与我们一生如影相随。

一声鸟鸣

闭上眼睛
一声鸟鸣从高枝上坠落
惊醒了秋的枯黄

站着的人跨过沉默
收集好所有的声音
颤抖成旧
续写黑色的构成

遥望新生
奔跑
向着死的反方向

人间隐处的破碎之声响起
失身式的灵魂
在哭着绝处逢生的肉身

可能是因为受过太多苦，我们忽然有了一种对苦难的渴求，是苦难带给我们力量。诗人从一声鸟鸣写起，"一声鸟鸣从高枝上坠落 / 惊醒了秋的枯黄"，"坠落""惊醒"两个动词用得很妙，陌生化的搭配渲染了诗歌的氛围，把读者引入一种凄清之中。闪动的火星被淹没在黑夜里，而这凄清作为余烬的温度，由读者细读文字后才能感受。即使生活不尽如人意，但诗人依旧写下"遥望新生 / 奔跑 / 向着死的反方向"，诗人把疾病和苦难当命运来爱，并且怀揣着新生的希望。有一天我们开始明白，在这个世界上，人只有通过痛苦才能真正去爱。围绕"声音"，诗人写到人间隐处的破碎之声，"失身式的灵魂"与"绝处逢生的肉身"形成强烈反差，达到出奇制胜的效果。

罗智勇的这些带有黑暗质地的诗歌不是阴冷的，实际上，他内心一直怀抱着炭火。我们最刻骨的经验，并不来自欢乐，而常常来源于刻骨的悲伤。欢乐总是使时光变短，而且欢乐最易消亡。正是那些凄清与悲伤，会让你突然跌倒，然后，强大起来，又会发觉眼前一亮。

罗智勇的诗歌有自己非常独特的风格。分裂、对抗、悲痛，有钢铁般的节奏，意象丰富、感情热烈、朗朗上口，充满美与痛楚，充满坚定和执着。

选择

我选择了故乡

我选择了夜晚和黑暗

我选择了相信与不能不信

我选择了一条路的虚无

我选择了深渊和彻寒

我选择了诚信的背叛

我选择了三个四季的等待

我选择了迷茫

我选择了省略

但我不选择屈从

不选择被欺骗后的沉默

不选择把所有的真相埋在七峰山下

不选择原谅欺骗的人

不选择一个人独自枯萎与败落

诗人在这首诗里写下九个"我选择",也写下了五个"不选择","我"所选择的是一条艰难的路,是正义、诚信、等待和坚持,"我"不选择的是攀附、欺骗、败落……从这里可以看出诗人高洁的人格,他始终有着自己的坚守、自己的底线,从不随波逐流、趋炎附势。相信不忘初心的人方得始终,有所坚守的人终将拥有星辰大海。从中不难看出,只有对人生有着自己执着的信念,同时还不断创作实践的诗人,才能写出这样纯粹的诗歌来。罗智勇为诗歌付出了很多,他对待人生的态度也像对待诗歌一样真诚。像大多数诗人一样,在众人面前意气风发、慷慨激昂,但独处的时候，内心始终处于一种孤独状态，因为他选择了更艰难的那条路。也许，孤独是一束光，将照亮他的写诗之路。

二、注重记录当下

智慧的诗人注重记录当下。罗智勇深谙这一点。过去的已经过去了，谁都无法再拉住过去时间的手，活在当下，享受当下。

日子

晨阳温醒昨夜的梦
早读的诗里又一次遇见自己
财经头条说美国欧洲加息中国股市不稳
公园奔跑的人努力为自己下了一场雨

在图书馆厚厚的外文文献里迷路
一杯会思考的咖啡努力地引导
万象城橱窗内的模特没有穿鞋
香奈儿五号擦肩而过我停留深吸了几秒
一碗原味酸菜鱼无辣说到做到
透过吞云吐雾他对没有表情的情人挑眉

黄昏的幕布悄悄挤走阳光
海边的风比昨天热情了许多
渔船的汽笛也能拉响海浪
一对情侣靠在栏杆上热吻肆无忌惮
起身拍了拍躺在草地上的凉意

一盏古铜色的台灯又精神抖擞

继续把零乱的作业整理成期末的学分

在这首诗里，诗人采用蒙太奇手法，一个镜头接连一个镜头出现，将生活一幕幕呈现在读者面前。生活会有不如意的地方，但会有更多的美好，比如，"香奈儿五号擦肩而过我停留深吸了几秒"，比如，"海边的风比昨天热情了许多"，学会活在当下、享受当下，时刻去感受生活之美，这种心态很动人。作为一个肉体凡胎之人，需要做的很简单，"饥来吃饭困来眠"即可。罗智勇拥有大智慧，他懂得欣赏生活的美，懂得及时行乐，让自己适应自然规律。

罗智勇熟读古诗词，他在现代诗的书写中，融入古典诗词的意象，做到了将传统与现代相结合，他的诗既有古典诗词的典雅和凝练，又有现代诗的轻舞飞扬，表现力强。读他的诗，如有口齿余香，字字句句都充满了文学之美。

微醉

腰身百媚千娇

在杨柳岸停歇

在酒中取火

把胭脂烧成陈香

动用香的誓言

忽略水的暗疾

在汗湿的内衣里惊乍

温柔地凝视

吻穿肉体

分裂已久的心痛后

长出甜蜜

喧腾火花四溅

"腰身""杨柳岸""酒""胭脂""誓言""水""凝视"等词语,仿佛让读者回到了宋代。这首诗的语言非常优美,有柳永之风。但是,罗智勇的诗有更多的生活气息,也更加真实。他懂得珍惜生活的美好,并将这种美好传递给读者。

三、有情感的写作

罗智勇出生于20世纪70年代,按理这个年龄写的诗,应该是"欲说还休,却道天凉好个秋"的境界了。可纵观他的诗,无处不是情感的河流,无处不充满了想象的激情,他的心灵是那么年轻,那么富有活力。这些诗意饱满的词句和纵横万里的想象,很难与他的年龄联系起来。

一封信

冬天和雪花来到纸上

眼神点燃了火把

一笔烹煮的热带河流

千百字也许写不尽流淌

守着诺言的叶

隔着冬

想要击中春天

没有开始

不想放逐在诗的死角

碑刻旧事退回想象

也要写出喉咙的力量

种下一颗倔强的心

手握河流

用文字寻找着遥远的安慰

肉身卷雪

有温度的信件完成自我救赎

寒冷退无可退

你文字上看到的灵魂

在纸上诗歌一行

喘息在皮肤下

却是一场摧毁的台风

　　罗智勇是情感派的诗歌作者。他的好诗都是对情感集中鲜明的表达。乍看上去，他的诗歌情感并不热烈，好像只是平静地叙事。其实，他的深情需要读者去细细品悟，读多了他的诗，才知道掩映于平静之下的是他的克制，是一团一团浓烈的深情。诗人内心是饱满的，充满了情思，我们所读到的诗歌，背后是一场情感的呼啸。他的文字依托于真实的情感，而非"为赋新词强说愁"，这些诗歌可以说是情感的结晶，因而具备极强的感染力，常能打动读者的心灵。

　　忧郁与忍耐是罗智勇诗歌中另一个鲜明的特征和印记。他的诗有着简约的形式，寥寥几笔却意味深长。诗歌常由于短小，难以容纳这种绵长的思绪，而构成一种分裂与矛盾，这使诗歌更显得动人心魄，撩拨心弦。

谎言

雨如约而来
咚咚敲击着心窗
风不动声色
把我的心绪起伏
冰冻成往事

夜色不断拉长
你的谎言
洞穿了这个冬季

罗智勇的诗简洁而富有表现力，善于借景抒情，流露出一种淡淡的忧伤。他有着典型的诗人气质，将心声细腻地展现在字里行间。他会忧郁，会心痛，他的七情六欲是那么真实，仿佛触手可及，一个独特的诗人形象跃然纸上。

煮茶

从早上到晚上
绿茶和红茶轮换着喝
从春雨到冬雪
冷水热水换着方式煮
想你总是这样的
越煮越浓　越浓越煮

苦

也堆积得越来越多

　　这首诗写得很巧妙，诗人是爱茶之人，从早到晚离不开茶，一年四季离不开茶，想念和喝茶竟有相似之处——思念随着时间积累越来越浓，思念越浓则越放不下你，苦也越来越多。诗歌简洁而诗意浓厚，让人回味无穷。在爱的沉浮翻滚中，有太多太多的幸福和不幸，这些幸和不幸都是人生的组成部分。

　　诗言志，歌永言。其实，不论古代还是当下，不论这个主义还是那个流派，万变不离其宗。罗智勇的诗是当代诗坛不可忽略的存在，这些诗歌有它的艺术特征和社会意义，掩卷遐思，仿佛看到他在诗的路上踽踽独行。读这些诗歌，我们可以看到他透亮明澈的心，随时随地捕捉生活的点点滴滴，这些源于他对真善美的向往和追求；他的写作是情感的写作，他将情感融入诗中，浓情厚意尽在字里行间。

　　（杨克，诗人。中国作家协会主席团委员，中国诗歌学会会长。）

心灵的风景

—— 评罗智勇《一杯会思考的咖啡》

游天杰

罗智勇多才多艺，能写作，还是音乐人，林语堂说的"艺术的人生"在他身上得到了最大的体现。罗智勇的诗，在我看来是一种治愈心灵的方式，点点滴滴都是心影的漫游——不仅是自我与世界的对话，也是对内心的表达和探寻，是其生命意志的自然泼洒，心之所向，随性而至，但又能看出其中的精神肌理。我觉得他是一位用真情写诗的诗人，读他的《一杯会思考的咖啡》，我感慨良多，感受到他的深情款款，感受到了他的深刻哲思，也感受到了他内心对真善美的追求。

不是说罗智勇的诗歌技巧有多么纯熟，或题材多么高妙，罗智勇的诗其实是简单的，他真诚地描写他看到的、他感受到的、他想象到的——但这其实已经不算简单了，相比那些假大空的诗，我是何等喜欢这种能表达独特感受的诗歌，因为它——真。这些诗歌如此直接地，甚至坦然地要唤起我们的注意，让我们直面人生中的种种。很多时候，我们昧于生命的"本色"，刻意遮掩，甚至注销一切原该如此的缘由，代之以重重积淀的粉饰，但罗智勇就不是这样，他的诗仿佛有意穿透这一切，回归到最真实、最坦诚的一面，回归到生活的真实、情绪的真实、情感的真实。他的诗表达了自己的经验，也反映了其中的挣扎和解脱。他以自己的方式，安静地、专注地，写下了自己内心的风景。

　　赏读罗智勇以诗意直面人生，演绎跌宕起伏的万端情绪；倾听他以文字抒发情思，述说着人间无限事。我认为，在词语世界中，人只能听到他早已听到过的声音。诗人听雨，听到的是自己的心事。在《谎言》这首诗里，诗人从雨下笔，由雨及人。

谎言

雨如约而来
咚咚敲击着心窗
风不动声色
把我的心绪起伏
冰冻成往事

夜色不断拉长
你的谎言
洞穿了这个冬季

　　诗人的自我描述越是逼真、越是强烈、越是感人至深，就越是被整体的分裂力量所拆解和撕碎。下雨了，而这雨飘打在心，雨连着风，把心事吹得起起伏伏，把心事冰冻成往事。生命里有那样的一个人曾出现过，即使她带来伤痛，带来谎言，依然让人无比思念；即使明知她的谎言洞穿这个冬季，却也始终无法放下，一切的一切都成为心中的意难平。人生是随顺因缘，起伏于波涛之上。他的诗有痛楚，也有深情，让人读来回味无穷。平静背后是令人悲伤的情感，无论爱得多痛苦和多么决绝，那些阻挡着你去爱的壁垒和沟壑，才是应该着墨的地方。对罗智勇来说，常识来自偏差，源自"对世界和人类失望的爱"。

这就是诗人，看花非花，雾非雾；这就是诗人，听风不是风，无数情感总在心中蔓延。请看这首诗：

站在海棠树下

海棠树在落叶
每一片叶子都是一个故事
不敢踩上去
怕故事破碎

那些落叶在梦中摇着
内心深陷的人
在梦里醒着
在醒时梦着

罗智勇的诗歌很细腻、深情，他选择了海棠树的落叶这个意象，如此轻盈，他的内心细腻到连一片叶子都怕被踩碎，仿佛一片叶子就是一个故事。而这故事不是别人的，恰恰是自己的，这故事怀揣在心间，在梦里醒着，在醒时梦着，无时无刻不在牵挂着心中的那个人。这也许将是很多读者在阅读这本诗集时的感觉。诗歌诗意浓厚，营造出一种凄清而深情的意境，每一个字都像一个音符跳跃在读者心间，教人不愿梦醒。

在罗智勇笔下有很多情与爱的缠绕。不过，诗人并未耽于孤独层层包裹下的片刻安宁，而是主动实现了与自我的对话、和解，也呈现出了在纷攘尘世里体悟、拥抱孤独的奥义所在。

与一杯咖啡对话

准确地说

是与自己的思考对话

对于黑暗

对于苦

必须慢慢地品

面对美式

没有甜言蜜语

像极了自己的一生

　　罗智勇很喜欢喝咖啡。他喝咖啡，不仅仅是喝那一份味道，也是在品尝一份宁静，与自己内心对话。相比甜，他更喜欢慢慢地品尝一份苦，就像品尝自己的一生。在这快节奏的时代，我们有时候需要一杯咖啡的时间，静下来，享受那一份苦，与内心对话。没有奶茶的甜，没有啤酒的香，咖啡带来的是一份宁静。独处，也是一种美。

　　他的内心柔软、善感，常常在想起往事时，心底发出一声叹息。在《一声叹息》这首诗里，诗人写道："一阵清风自来／惊吓了院落的绿／吱的一声裂开了新痕／一声叹息／从新痕深处流出。"一切景语皆情语，灯光很乱，熟悉的铃声骤停了，清风吹落了院落的枝叶，落下了一声无奈的叹息。这颗多愁善感的心，给万物都加上了一层滤镜。读罗智勇的诗，总是感受到他心中淡淡的忧伤，这忧伤，也许来源于爱。

　　人们说，诗人都是寂寞的。外界的热闹，更衬托出内心的孤独。在《平安夜图腾》一诗中，他写道，"多灿烂的夜色／就有多暗淡的感怀"，快乐是他们的，而寂寞是自己的。酒热闹完了，徒留内心的落寞；人前的笑脸，不过是强颜欢笑。诗人写出了多少寂寞之人的心事，读他的诗，就好像是在读自己，读人世间那一份不可言说的寥落。诗人经常伤感得让我们手足无措，但在细微之处的严谨作风也让我们叹服。

罗智勇的诗言辞简洁，但感染力很强。我想，他的每一首诗背后都有一个故事，每一首诗的产生都代表着一种心情。

一场久违的雪

酝酿了一年的雪
一路小跑
奔涌而来
用雪白抱紧了黑夜

一年的心里话
迫不及待
匍匐在黑夜
尽情飞扬
诉说着久别的思念

最为可贵的是，罗智勇的诗自始至终包含着他那纯朴的心，脱尽尘气，不屑一顾地再现他那诗人的浪漫，独有特色的诗风，自创意境。诗歌的画面感很强，有唐人绝句的精巧玲珑。他以他的诗吐露心声，诉说内心深处的种种感觉——雪迫不及待拥紧了黑夜，而"我"迫不及待地想要和你述说久别的思念。这种迫不及待，当是经历过长相思的人才懂。雪漫天飞舞，飘白了头，把黑夜变成白夜，恰如"我"漫天飞舞的思念。雪，久违了；心上人，也久违了。诗人将人间的思念，用寥寥几笔写得漫天飞舞，写得令人心醉。简单的几行，旋转而生成有意义有结构的故事，一切明丽的、温暖的、沉郁的，均统合在他抑扬顿挫的旋律中，坦然而炽热，坚实而灿然。

他像是一位情感专家一样，总是能用最准确的句子去表达内心的某一种感受，直击读者的心灵。可以说，每一首诗都是有生命的，是有温度的。

致元宵节

收集你撒下的花瓣
碾作了尘香
悬挂于天空下的思念
熬成了蜜

用尽所有的柔软
裹紧你的香甜
像极了汤圆
甜在心里
心里只有你

诗人把爱情的体验写得如此感性、甜美，这种体验创造人生的一种新的经验层面。这首诗甜美得像汤圆一样，你在"我"心里，"我"的心是甜的，是柔软的，是热乎乎的。只有在爱的人，才有这种美好的感受吧！爱情真是人世间最美的体验，在爱的时候，不管世界如何，你在心底，就是最美的风景，就是最甜的感受。诗歌简洁，却把这种美好写得淋漓尽致，让人感同身受。作者也于如是这般的修辞和雕饰之中，寻得艺术与心性的共生，也收获了自由和愉悦的生命状态。

　　罗智勇的诗充满诗意的张力。他在词语的搭配和内容的表达上制造出别出心裁的效果，或给人一种陌生感，或带来哲思。如《灰色的隐喻》这首诗，陌生化的组合给人一种眼前一亮的感觉，他这样子写："阳光在季节里堆积 / 灰色狠狠嵌入季节 / 裹挟着生命的颜色 / 一尾搁浅的鱼 / 在渴望那一场春雨 / 一片染在树叶的绿 / 突然渴望秋天的黄。"诗歌就是需要这样的陌生化，不按常规出手，景物在诗人笔下已经不是单纯的景物，诗人把景物拟人化，赋予了"阳光""鱼""树叶"以人的情感。

　　他是一位天生的诗人，总是以独特的视角来看待世间万物。他也用哲学的眼光去看待生活的种种：

　　胃痛

　　酒是一种温柔的毒

　　也是窒息的美

　　暧昧的语言

　　深藏不露的毒

　　一起浇向了胃的伤口

　　填平饥饿的反馈

　　放浪不羁地进入血液

　　毒温柔地侵入了肉体

　　放浪形骸的鱼

　　在胃底最后地飞跃

　　跳着没有骨和刺的舞蹈

青菜叶子提前衰老

为舞者做了一件啐碎的外衣

胃失声痛哭

用痛苦的表情向世人宣告

一个跌跌撞撞的人

向我飞来

　　酒为天下人所痴迷。诗人写道："酒是一种温柔的毒／也是窒息的美。"太美好的事物往往都有副作用，可能会造成胃痛等。诗中的酒可以是情人，也可以是任何让人迷失其中、无从俯瞰全貌的事物。这首诗富有哲理：事物都具有两面性，我们看到其中美好的一面，也要看到坏的那一面。罗智勇擅长通过日常事物来挖掘出其中的哲理和诗意。读这首诗，也让我想起一句话："要承受多少爱意，就要承受相应的损伤。"现当代人的精神世界便是如此。他们常常找不到终极的去处可以放心地结束和休息，即使目标明确，却也无人可以问路。

　　诗人有着坚硬的躯壳，也有着柔软的心，正是这颗柔软而多愁善感的心，让诗人能细心地感受到万物，感受到内心的波动，从而写下这么多的诗句。我读到《真相》这首诗，感觉它让人眼前一亮。诗人从"月色"这个意象下笔，月色如水，本应是最美好、最轻柔的事物，而对于诗人来说，面对这月色，却像承载了一座山，这座山黑压压的，为什么会这样，诗人一语道破："不是我不坚硬／只是我的心很柔软"，正因其柔软，才能包罗万象。罗智勇倾注心力和思绪于诗歌中，是释放情绪和宣泄心灵的表征，曲折而布满生趣，是从心所欲而不逾矩的情怀，读者也从中感受到了某种生命意志的自由歌唱。

罗智勇的诗有情感、有哲思，有真、有善、有美，是一道亮丽的心灵的风景，读之令人神往。他在自己的人生和诗作里，都已经淋漓尽致地表达了他的纯净、胸怀和温暖。罗智勇不是一位职业诗人，他始终在工作着，他也不会靠写诗来维持生活，因此，读者欣赏的不会是任何高深莫测的造诣，而是诗中流露的独有的性情，一种生命自然流露的真性情。罗智勇的诗具有相当程度的原生性，它发之于心，只要他内心写诗的热情还在，写诗的情绪依旧饱满，那就会一直写下去。让写诗成为写诗本身，这是莫大的幸福，是天赐的机缘。在他的诗歌的真面前，我感到一份前所未有的谦卑。

　　最后，祝福诗人罗智勇写出更多佳作，给我们带来更好的作品。

（游天杰，出版人，畅销书作家。）

目　录 >>>

第一辑　光阴荒野 >>>

第二辑 杯中窥人 >>>

第三辑　时令之诗 >>>

第四辑　灵魂碎片 >>>

◎第一辑

光阴荒野 >>>

一个卖麦芽糖的老人

卖了一辈子麦芽糖
也没有赚到一个隆重的葬礼
一副杉木棺和一堆石灰粉
陪他入土
寥寥几个乡亲送行
一副担子遗失在那间破房子
无人认领

跛着脚戴着破草帽
挑着担子穿村过巷
一支牙膏皮一包鹅毛
叮当叮当几声响
一片麦芽糖甜着儿时的记忆

那时赚不了工分
终身未娶
花花绿绿的糖变迁了时代
他越来越老了
路走得越来越慢

依旧与麦芽糖相依为命

他苦了一生
却和甜过了一辈子

爷爷的树

一棵树长在我的童年
爷爷说是他年轻时种的
这棵树枝繁叶茂
绿色奉献给春意盎然
阴凉奉献给乘凉人
黄叶诠释了秋的内涵
寒冷中把冬温暖

年老力衰的时候
暗淡了表情
皱褶布满了身躯
看似平静的乡音都举棋不定
身体挤在走和留之间
眼睛合上
视觉里的细节慢慢模糊

树莫名地枯了
终于在那个除夕
爷爷把这棵枯树劈成柴
"活着时是一片森林

死后也是一堆柴火"
第二年夏天
爷爷过世了
在他住的楼上
为奶奶留下三千斤粮

父亲节献诗

背靠的大山总是被遗忘
鸡叫三声
他带上香烛和草刀
按住一片蛙鸣
老腰如弓弯了很久很久
破晓之前青草成堆
春节的鞭炮声中
青草在猪肉中复活

雷雨发怒
生命垂危的土屋
摇摇欲坠倒向童年
沉默的山脊全力阻挡
护我周全
一座风霜的历史挣扎成废墟
山脊弯曲

举起了童年背驮了少年
默默守护在我背后
今回首

山峦上一年四季下着雪
替他宣告无法逆转的沧桑
山厚重　岁月更重
弓般的弯曲低到了山脚下
虽越来越低
但仍是我的山

一只黄狗

1

晨曦
眺望着
一只黄狗
弄醒了七峰山顶杂草上的露珠
吐着舌头
学着我的模样
趴在向阳的山坡上
一起思考

2

认识它
是一个夜晚
归宿家乡土屋
迎接我的
是这只黄狗的狂吠
父亲连忙喝止
它似听懂后

绕着我的腿舔着我的脚
算是认了新的主人
父亲说是路上捡回的
当时脚断了
父亲给它治了伤
养大了它
饭中特意扔几块有肉的骨头
它吃得有滋有味
像极了我的童年

3

荣归故里
装模作样的衣锦还乡
儿时同学朋友相聚
总是在身边跟着我
我车到别处
总能发现它趴在不远处
我唤它
立马飞奔而来
这是一种追随
算是另类的忠诚

4

三天后
县城离乡下有五十里路
我拒绝了它的跟随
它忧伤地望着我
像一种永别
我抚一下它的颈毛
作亲昵的告别

5

四天后
一个朋友电话说搞到一只狗
炖好了一半辣一半不辣
盛情之下
如约
他们的一顿美味和我的觥筹交错

6

五天后我回乡下

父亲告诉我
我们家的黄狗丢了
我问什么时候
父亲说昨天
我惊愕
呕吐
眼泪喷涌而出
一场倾盆大雨
久久不停

7

土屋
永远没有了它的吠声
总是会想起
它趴在不远处
和我最后告别的眼神

狗尾巴草

那些湿漉漉的绿色
你挨着我我碰着你
那是草丛
那是生机
那也是曾经的青春

脚下的圆点向前
已慌不择路
惊恐扯着迟疑
再也无法丈量
曾经一望无际的半径
圆周率的弧中
视野越来越小

越是害怕
越会惊魂不定
青春不会说谎
离传说越远

离秋天越近

那狗尾巴草
只剩下了末梢的一些绿
像极了青春

老枝新芽

桂香爬上杯沿
挤走慵懒和声色犬马
失散多年的绿书包
比画青春

一声嘶鸣
飞离自己的躯体
老枝新芽
对迟到的黄昏
点燃空气中的火焰

丁香树的醉与醒

1

凌晨的万象城
繁华褪尽的落寞
旁边的丁香树
无法辨别和她相关的前尘往事

2

左手握醉
右手握醒
痛，没有解药
夜色催更的柔情
属于夜的一部分

3

男人的沉思物
可以幻想
直接暗夜行窃

妖娆的身姿
情话炽热
丁香树耳际萦绕

4

欲的世界
黑夜拥抱不了星光
探身虚无之美
一个风眼
这一刻平静
怀念的只是一场台风的疯狂

5

丁香树沉默
卸下魅力的荒原
用躯体盖下街椅的微凉
沿着黑暗寻找黎明
看街灯一盏一盏熄灭

洋 葱

1

身怀暗疾
在那年春天相思成灾
重建的唯一宽慰
良方就是把心融入躯体
铸就铿锵的誓言

2

在那个集市你挑选着
几起几落
虽夸我可以防病
最后你还是放弃
选择了土豆
老实忠厚是你需要的安全感

3

你走了
我孤独在集市的黑暗
握过手诊过你紧张的脉搏
我一声声的咳都在体内

4

我的身体我的心
在你转身时就已融化
把所有的思想
在一层层的皮囊里
添加了色彩
那是心的斑斓

5

土豆重复无味之后
又想起了我叫洋葱

你一低头
我一抬头
你发现了熟悉
就像是考场找到答案时的欣喜
一句"就是你"
体内的图腾
加紧了烛焰的呼吸

6

终于你不假思索地选择
我的一切倾巢而出
你失落之外的花开
在夏接近尾声时
你把我放在你的菜篮里

7

今夜我心甘情愿地开裂
等待你指腹的到达
静候你一层一层将我剥开

8

希望你
一层一层剥开
找不到我的心时不要伤心
因为第一次相遇
我的心已经为你融化

落花生

一朵乡间的黄花
没有高枝
没有香飘十里
低调在人间

在乡野默默地开
悄悄地落
看淡世间繁华
尝尽人间疾苦

匆匆一生如过客
落花时
在枯萎的领地
子宫落地入泥
用尽母爱
孕育了一颗颗生命

映山红

1

红色在梦中无限散开
映山红带回了半边天的云彩
大巴车队和你
用积攒了一年的红艳
将缤纷色彩与热闹情形
推向高处

2

你从映山红身体里走出
染红的一身旗袍
如遗落人间的烟火
一颦一笑的温煦
如画卷徐徐展开
低垂着异彩
如映山红的蕊
暗示着窦的初开

3

第一场夏雨起步
填满了深深浅浅的距离
隔窗的温情闪烁
被举步不前的我替代

4

四月天
映山红把所有的热情
不动声色地补偿给
那些远方而来的虔诚
我挤在中间，按下快门
映山红作底色把你的红
拉近再拉近
直到抵达睫毛之下

5

暮色与欢愉一同降落
倚在一道无语的问候中
一厢情愿地慢慢睡去
红色在梦中无限散开
把我淹没
深埋

5

暮色与欢愉一同降落
倚在一道无语的问候中
一厢情愿地慢慢睡去
红色在梦中无限散开
把我淹没
深埋

站在海棠树下

海棠树在落叶
每一片叶子都是一个故事
不敢踩上去
怕故事破碎

那些落叶在梦中摇着
内心深陷的人
在梦里醒着
在醒时梦着

叶 子

一片叶子
顽强到冬天才落下来
我没有问她的过往
也没有问她要去哪里

我静静地看着她
在风中起舞
风来了
她尽力地表演
风走了
她默默无闻在人群

不卑不亢
不争不抢
把生命的平凡和美好
留在人间

一株草

1

一株草
像一种思想
坚韧如此真实地存在
由冬天的枯黄
到夏天竭尽全力的生长
像一个有阅历的人
在宣告
再生后最隆重的致谢
在开满黛蓝色的天空下
沉默在低处

2

一株冬天的枯黄
埋入泥土万念俱灰
在冬天的寒冷里咬牙切齿
一杯小酒自饮自醉
支撑起另外一种暖

诗歌掌灯照亮泥土
根在土下以另外的形式活着
等待春光

3

一株草
就像一个苦命的诗人
深怀忧伤暗藏伤痕
怎能不变成一种远
或一种近
这种远可以看见灵魂
这种近却抓不到身体

4

一株草
也是一种生命
只要根不灭灵魂就在
身体可以枯黄一岁一岁
根就又一次再生
这个夏季
宣告一个冉冉升起的脱胎换骨

一朵花

1

一朵花柔美地高耸在枝上
美貌与纯洁
迎合着世俗的云雨
束起腰身
丰腴的美
交换着光照与月华

2

一朵花摇曳裙裾
与夏风合唱高山流水
与跳跃的阳光
一起舞动生命乐章
逢春羞开
逢夏娇韵
展示所有的美

3

一朵花
习惯了在黑夜被露珠弄醒
哭过之后
接受黑白的自然法则
一半是白天的羡慕
一半是黑夜的孤独

4

一朵花已渐渐枯萎
只为在某处山谷或丛林
拒绝暧昧
静静地等
等心仪等心跳
等惊鸿一瞥

5

一朵花在黑夜
抛弃所有的外衣与浮华
光着身子住进内心
独白一些与爱有关的文字

一棵树

1

一棵树
栽在我的童年
夏遮阳秋挡雨
树影斑驳之下童趣盎然
风吹树叶沙沙响
听到的是我的乳名
柔软而坚决

2

一棵树
永远微笑
在堂前一隅默默守护
我的快乐伏在树的枝上
鸣唱多年到少年
一场远行
孤独遗落在树的根处

3

一棵树
已栽在我的心里
南方树绿四季
每当此时依然想到
故乡那棵树孤单着
企盼着
借阳光之手推开层层树叶
抚摸曾经爬满快乐的枝干
却雕刻了岁月深深的痕迹

4

一棵树
一堆黄叶
也是一堆乡愁
当白发爬上鬓角
心中一支归箭
总是向北
向着那棵树

5

一棵树
就是孤寂在堂前的那棵树
我站在树下
抚摸着枯树
它的枝干
不正是父亲衰老的身躯吗
突然很想哭
此时在呼吸与呼吸之间
紧紧抱住这棵树
还有姓氏

一条河

一股甘甜
从山涧涌出
轻声细语叮咛着
枯瘦河岸
勇敢成一条河

大地嗷嗷待哺
河水起早贪黑地淌
农田收敛干涸
叶子枯萎中泛绿
河边的水草拾起鸟鸣

河中取水为饮
河中戏水童年
河中抓鱼为炊
索取着含辛茹苦

河水越来越涸
仍向下绵延
一直到天边

到永远

这条河不正是母亲吗
越来越老
离我们越来越远了吗
想到终点
泪脸埋入河中
很久
很久

一点时光，慢些

慢一点
再慢一点
想让时光闲下来

从最轻的词
开始阅读
慵懒的身体
和阳光深深拥抱一会儿
赤裸的思想
在雨夜的黑醋畅淋漓
重复的涛声
也积攒成继续向前的旋律
读到最美的词
想哭
害怕了所有的快
包含死亡
一点时光
慢些

想象不出

看不见时光后
它的圆它的白
它的黑和那束永恒的光

趴在上午的脊背上

趴在上午的脊背上
收拢翅膀心却飞跃
由教室向外

一些无聊的空白
有的认认真真做笔记
有的窃窃私语
一阵阵知识的雨声
日本卡诺模型
丹麦埃尔朗排队理论
很多大师坐我对面
休哈特、大野耐一
费根鲍姆、克罗斯比
田口玄一、戴明

树上茂盛的叶子
无论是高处或低处
它们都一定会回到大地
树上的鸟儿对唱
大难临头或毕业分别时

会不会都各自飞

教学楼旁边的那条巡司河
隐藏着南北朝的胎音
由溪成河汇聚成浪
学成必涌向时代的长江
他们会不会命运不同

岸边的那些水杉木
一直向天际生长
见证河水的奔跑和不息
他们一直伫立在此
会不会有一天会老去

趴在上午的脊背上
被下课的铃声喊回

一声鸟鸣

闭上眼睛
一声鸟鸣从高枝上坠落
惊醒了秋的枯黄

站着的人跨过沉默
收集好所有的声音
颤抖成旧
续写黑色的构成
遥望新生
奔跑
向着死的反方向

人间隐处的破碎之声响起
失身式的灵魂
在哭着绝处逢生的肉身

一空之望

寻找记忆的星辰
不规则的脚印尽量地轻
怕惊醒你
半条彩虹雨后一生
心甘情愿的迷惘
一组琴键伏在天边
却贻笑于尘埃

柔软的音符
曾呼唤出花开的声音
故事的曲折
收容尘世流着泪的笑容
一半感动，一半悲伤
无法相信形影不离
尘埃的光终不及星空

两盏稀疏的灯
一盏天际
一盏人间

互为倒影

仰望星空被淹没
世俗的尖刀
我用最轻薄的嘴唇
一口惊心动魄
一口血色阑珊
当方言直达喉咙
一声鹰唳划破天际

夕阳无限

也许唯有黄昏
才能满载你的记忆
哪怕只有最细的风
也能吹开我灵魂的屏障

金黄的色彩
述说火热的桥段
公布于众的青涩
坚持到夜幕降临之前
用色彩和
对比度光芒一样的语言
心心念念
修复着你我的曾经

疲惫之前
竭尽所有唐宋诗路的光芒
相告
夕阳的红夕阳的美
夜序如至

左边是萌动右边是谢幕

美
留给值得深爱的灵魂

日 子

晨阳温醒昨夜的梦
早读的诗里又一次遇见自己
财经头条说美国欧洲加息中国股市不稳
公园奔跑的人努力为自己下了一场雨

在图书馆厚厚的外文文献里迷路
一杯会思考的咖啡努力地引导
万象城橱窗内的模特没有穿鞋
香奈儿五号擦肩而过我停留深吸了几秒
一碗原味酸菜鱼无辣说到做到
透过吞云吐雾他对没有表情的情人挑眉

黄昏的幕布悄悄挤走阳光
海边的风比昨天热情了许多
渔船的汽笛也能拉响海浪
一对情侣靠在栏杆上热吻肆无忌惮
起身拍了拍躺在草地上的凉意
一盏古铜色的台灯又精神抖擞
继续把零乱的作业整理成期末的学分

Gloomy* 之后

1

沉默
是与自己对话
一直一直
久久地沉默着

2

灯灭了
自由的影子淹没了
似贴笑的尘埃
厮守着无法抵达黎明的黑
令人窒息

3

不想再收容尘世的痛苦
与激情

灵魂肃穆成灰色
文字与音乐摔碎在灯灭的路上

4

语言被魔鬼打了结
纵有千斤力
仍无法推开血管复活

5

对着上帝已经关上的门
不回头不祈愿
用血点灯
默默与自己对话

6

与自己以外的一切隔绝

*悲观的；沮丧的；阴暗的。

谎　言

雨如约而来
咚咚敲击着心窗
风不动声色
把我的心绪起伏
冰冻成往事

夜色不断拉长
你的谎言
洞穿了这个冬季

音乐你我

深夜的旋律
只能保持沉默

中央音向两边复合振动
休止符劝我
路是走不完的
停顿一下
总要注入秋风和冬雪
还有她低头的羞涩
和抬头的热忱

爱的旋律里高兴时升调
痛苦时降调
在音列后附点重复
序列你我又一次感动

断音与保持音在一起时
也有徘徊
其实都是爱的路上
前或后的一点犹豫

最后还是用连音记号向前奔跑
因为
我做不到不爱你

音乐是发音体
外力和共鸣体振动产生
爱情是由你我和心的悸动
高低长短强弱是爱的旋律
音色的纯粹是爱的本质
基音是我爱你的底色
没有你的日子
我用泛音保持纯真的想念

认识你在符头
符干是我们相爱的日子
符尾加注无限的符点
想用一生的气息
延续爱的旋律
直至我气息泯灭

深夜的旋律是沉默的
但在我心里
一直在以五线谱的方式
十万倍的复合振动中

听
是音乐的声音
只有我和你
没有和声

追杀令 1

在向你举杯五彩斑斓的赞言中
所有的手突然收回
四散得无影无踪
优美女声回应孤立无援
电话一直通话中

天上人间
一场璀璨的退潮
唯商的尘埃
沿着大鹏的海水淹没
你的心跳追寻
丢失在海水的那一滴泪

黑暗中
旷野那么深
舞台是一个虚无的史前
无奈蓄满眼角
资本穷凶极恶
你感冒微弱的声音

如何躲过这次杀机

箭
从我手中发出
敏感的夜
我颤抖不已

追杀令 2

资本的怒火
掐断我与你相通的气息
他们说必须燃尽你
我曾为你规划出逃的路线
你背不起行囊
不争气的现实
与无奈同行

泣中的文字以实为据
写上的是淤青
不写却苦难太沉
遥望曾经肝胆相照的时刻
被逼与你隔绝
明天的烈日必会让你灼伤
你丢失的日子必有寒冷
还疼

自大的轻敌与法盲为伍
站在自己的本意
诉说不公允详尽的事实

误导一个错误的答案

无知无觉，无知无畏
必将是你的灾难
万劫不复

保持距离的相见

孤独在高处
不被物质叫醒
模拟沉睡的灵魂
黑夜里所有一切的叫醒
让你望尘莫及

你踏遍春晓
也只是憋了一肚子坏水的小人
昭告人类
你窃取了天空的云和雪
让人间的绿
似你的恩赐

弯腰屈膝
谦逊垂下饱满的头颅
一直在人类的低处
一次深呼吸
坏死在你付出的黑暗之后
丢失低处的灿烂
依然在一笔一笔的洪荒中

落尽高潮

诗人或许癫狂病人
碾压的历史中提纯
冒险与叛逆
消耗与死亡
一个人的片面史
一个怪癖的心理失衡
是物质还是化学的绞杀

名字是自由的
他的生命启程前往的隐喻
拉起了绳索
触摸了命运约好的冬天
一个台阶之上
古典的竖琴
等到了一个解阅诗风的机会
最后还是在黑与白的纠缠中
瞬间滑落

符咒中你和我又相遇

最后的约定

第一次相见
在入学登记的排队中
用心做的被子
一种柔软挤向你
留下了初见的模样

一堂必修课，你款款走来
在社会主义的本质上
隔壁而居
你从新时代的镜中走来
我从共产主义的党性出发
你我的名字在自由的巅峰中统一

信仰不再孤单
山不管多高
踩踏出一样的脚印
海不管多浪
扬起一叶中国的帆

不靠海对浪的思念

不靠山对石的坚韧
我把对你的情怀
浓缩成一瓶二锅头
喝进去吐在纸上寄给你

你写了一场春雨
绵绵如烟
下在我心头

半生等待

米一样细碎的日子
面条一样冗长
她的灶台周围
增加了白纸的人
用锅底的黑
不停去书写长夜

风花雪月的一阵风
刮来爱的气息
她用半生等待
推开扎紧的篱笆

零星几点低语
她醉眼迷离
半生等待的不顾一切
黑夜拥抱星光

稍稍一触
树枝和骨肉开裂
从未有过

这么虐心的一朵桃花
竟如雪

声响
定格在篱笆内外

一只老麻雀的假日

收拢翅膀
专注于一块屏幕

数字与文字
跳着交谊舞
单调而沉闷
没有音乐的幕场
庆幸有为师的解说
让视觉与听觉
充分调动
健忘的脑细胞里
留下了知识的印记

一只老麻雀
看着身边稚嫩的脸
向内心又一次瞭望

◎第二辑

杯中窥人 >>>

灰色的隐喻

阳光在季节里堆积
灰色狠狠嵌入季节
裹挟着生命的颜色
一尾搁浅的鱼
在渴望那一场春雨
一片染在树叶的绿
突然渴望秋天的黄

只好安静一点
用灰色的隐喻
按住依然跳跃的心脏
可奔跑的血液淌入杯中
慢慢透明
我在阴阳颠倒的路上
一口饮下
那一杯还原的猩红

用你的歌声酿酒

用你的歌声酿酒
高粱里的一束烟火
滋养着喉咙的嘶哑
和灵魂的荒芜

火辣辣的音符沉思
寒冬已尽
春在不动声色中破晓
痴迷于一杯酒
唯美的色彩
恣意的小性子

一朵朵笑颜和声
一起渲染成电影
风风火火闯进眼神
不计春秋、潮声和炊烟
站着，从没有移动一步

沸腾的晨光和暮色里

喝着这样一杯酒
甜，从唇一路向心
听到的都是你的歌声

午夜独饮

午夜独饮

卸下喧嚣

每一秒都可以肆无忌惮

如一堆疏离的落叶

在自己的秋风中寻找

夜晚的秘密

和世俗的一道光晕

反复地握杯

敬自己

寓意弄丢了

也不须请求月光宽恕

其实一个无他人的世界

可以一层层剥开

也可以一遍遍埋掉

醉的丑，醒的笑

合成了一杯月色

收笔可以

正如收不了酒杯

呼吸可以
必须醒着
正如一生一世必须绽放
不仅仅是恋情
也不仅仅是午夜独饮

微 醉

腰身百媚千娇

在杨柳岸停歇

在酒中取火

把胭脂烧成陈香

动用香的誓言

忽略水的暗疾

在汗湿的内衣里惊乍

温柔地凝视

吻穿肉体

分裂已久的心痛后

长出甜蜜

喧腾火花四溅

我和酒写诗

一杯即一行
一醉就序列成一首诗

常常是在夜里的深处
完成文字的集合
你释放灵魂的能量
我用肝去承接
让一切在血管里流淌
之后的之后
我握紧黑浓的笔墨

爱情？花朵？梦想？
都行！
醉眼打磨出简洁的言辞
有了醉意
才有青春的味道
有了醉意

才可遥望古来圣贤的寂寞

夜色温柔缠着如露星光
此刻如果是毒酒
我也饮下

胃　痛

酒是一种温柔的毒
也是窒息的美
暧昧的语言
深藏不露的毒
一起浇向了胃的伤口
填平饥饿的反馈
放浪不羁地进入血液
毒温柔地侵入了肉体

放浪形骸的鱼
在胃底最后地飞跃
跳着没有骨和刺的舞蹈
青菜叶子提前衰老
为舞者做了一件碎碎的外衣

胃失声痛哭
用痛苦的表情向世人宣告
一个跌跌撞撞的人
向我飞来

酒 后

两杯土酒落肚
必须发出惊天动地的声音
将谦虚从词典里抹去
与所有行业争锋天下
以一粒孤子
向楚河汉界的全盘棋子挑战
想学张飞桥上一吼
吓退对手

不是群雄争霸的岁月
也不可能有
现代版李云龙独剑江湖
酒中狂奔

听一首歌之后

时间消瘦
从浅梦退了回来
一首《少年》被惦念

无辜的童真
千里外的甜蜜
贴着脸行走
厚厚的沉默
细小的灵魂分子分散于星光
南方早开桂花的香气
也随风应声而起

一首《少年》追赶
味道和声音
可以幻想你我知道的色彩
玫瑰与枯枝之间
纷纷叫出声来
弄醒已经睡了的守林人

冥　想

1

某一瞬间在天上行走
某一瞬间却跌落人间
互证着存在
或不存在

2

倦意咀嚼着冥想
唯有残忍的趣味
填充着一切虚无
夜色在患得患失
燃尽尘世
体内的柔软被夜色收留

3

眼里的浮华
有了些善的禅意
肉体与精神
喑哑中沟通着
一场生死攸关之后
抚摸暗伤
紧捂胸口
生锈的灵魂
已开始自我救赎

未 知

一次幻想
就一次出发
顺着光线的弦度和弯曲的膝盖
护送着孤独和雄心

天空内侧
呐喊摇曳
惊天动地站在白云之上
善良的窗口
在生计与苦难中亮着
试探着真理

赤裸的足将光收拢
踩向未知的虚空
不想与雷电冲突
也不想与雨水委曲求全
我久久地站在你的目光里

距 离

一枚笑声　带着重量
落在呼吸的节奏上
陷入不休的纠缠

一汪水顺势荡漾
顾盼中涌出
水花不动声色地跃出
像一种共鸣不张不扬

其实
你我对坐圆桌
看似近在咫尺
中间隔着的
却是肉体与精神的距离

真 相

迷离的月色　是浪漫的
对我　却像承载了一座山
黑压压的　向我压过来
越近越重　越重越近
不是我不坚硬
只是我的心很柔软

一座山沉陷它的来路
在夜色里以压迫的方式
向我袭来　对于我
来不及收拾行囊
碾压成纸片
坚硬的躯壳和那颗柔软的心
在纸上书写鱼儿
最后七秒的记忆

活 着

1

活着
早年的一颗音符
带领我逃离了分不清的路
柔软的相遇
美于朦胧

2

瞎掉的灯
倚着门框昏茫
屋外夜色十面埋伏
眼神的柔韧里
藏着撕心裂肺的坚定
从荒芜开始

3

打满补丁的日子
心甘情愿
每一次落下的日光
暗暗收藏
从尊严开始
火焰一路狂奔
从拥挤的布局中蹦出来
与狭长的梦境相遇

4

幻想的距离
不可能与孤独绕道而行
内心的丛林
折断，坠落，枯朽
一场雨之后
美景又被循环出演

5

活着
只要几个拂晓闪亮的弧线
彩色的步子
打磨的心
携音符一起
在死亡大殿前微笑

贴着地呼吸

深夜终于沉默
大海用浪
拍打厌倦尘世的小舟

循着叙述的记忆
夜莺的新曲今是老歌
沉醉的花香
溢出的是欲望和浮躁
初始与终结
半暗半明
裸露的季节
只有远处的云朵
一只孤鸟的叫声落下
下沉的心脏
无法按住
一半虚无

一半努力自处

确定了一种存在
自己的呼吸
透彻了生的气息

煮 茶

从早上到晚上
绿茶和红茶轮换着喝
从春雨到冬雪
冷水热水换着方式煮
想你总是这样的
越煮越浓　越浓越煮
苦
也堆积得越来越多

不做时间的叛徒

1

在时间的断壁上
痛苦的引子
背后一推
一场倒下的雨
倾在北极

2

时间以潮湿的火苗
燃烧
盛开火星的意志
星辰的奶娘
让白昼接替黑夜

3

时间用极限的语言
像谈论爱一样
定义死亡
不同源的水
结成冰
那绝望

4

时间抚触手心温热
不低头忏悔自己
追索勇气
时间咀嚼的褶皱中
按下了保证的墨

5

向时间保证
把身体每一个细胞都燃尽
哪怕只是微弱的光

一杯会思考的咖啡

一杯美式
两条直达心扉的吸管
杯中相遇
两颗咖啡悄然入心
对话中潜移入哲理

在吸与吸之间
淹没彼此
从唇到齿
途中有一些黑色和苦

选择了无奶无糖
要的是纯粹
让苦与黑色美学碰撞
溢出甜

与一杯咖啡对话

准确地说
是与自己的思考对话
对于黑暗
对于苦
必须慢慢地品
面对美式
没有甜言蜜语
像极了自己的一生

黑咖啡

来自森林的黑色精灵
勇于尘世
粉身碎骨后
和一杯水相依为命
水与黑咖啡没有血缘关系
水却包容得失去了自我

来自动物界的白色精灵
闯入一杯黑色
在苦的路上寡不敌众
慢慢淹没了自己
高贵的出身心有不甘
宿命后生活慢慢有了些甜

一杯水一颗黑咖啡豆一匙奶
相扶相融着酸甜苦辣的一生

午夜 1

在午夜　眉刀飞扬
剪裁出一叶冷漠的赞美

微风追逐树叶
嬉笑与魅惑
填满斑驳的树影
隐藏多年的苦涩
急需与香甜结盟

从黑夜到黑夜
一直在选择与遗弃之间
寻找答案

推杯换盏之后
朦胧的美感
你那不胜的清雅与我
动荡的摇曳
喧哗在寂静里
不知吵醒了

你我之外的多少梦

啃着夜色
或许香甜或者苦涩
在午夜

午夜 2

午夜
拜酒为师
用杯中的月写风花
把柔情植于夜色的脊梁上
疯狂发芽

借风的身份
把心事紧紧包裹
越过曲折和缠绵
寄出的不仅仅是忧伤

风在思考
花香在飞翔
春天的伏笔已经埋下
夜色闻风起舞
习惯于夜间生产的情话
惊醒谁的空枕
酒和夜色合谋
就没有了季节
在嬉笑魅惑的树影下

一伸手
就羞涩了今夜的红尘
熟透的果子纷纷落下

一杯酒的醉意
度量超凡脱俗的想象
内心起的火
炽热了羞涩的脸
在午夜

午夜 3

午夜　音乐与酒合欢
朦胧的美
在一个闪念间唤醒
有力的手
紧紧握住夏的炙热
不再矜持
一伸手
触及你竞相放射的活力

午夜
是一扇半推半就的门
情节生动在睫毛之间
温暖侧身之后
风尘之心
与夏风火辣的腰肢攀缘
白花花的月光
躺在床上
欲望瞬间沸腾为海洋

午夜4

午夜　烛光默许
燃起了心跳
幽香抵达了文字的美
贴着薄薄的黑夜
不动声色地咀嚼着妩媚
放生的美
凝固成飞天的模样

文字和音乐
在烛光里浅吟低唱
俯身拾起旋律
聚起了空中的笑
羞涩捎带来的惊喜
酝酿了一场温柔的盛宴
繁华之后
无言地醒着
香甜

风落后又起

风落时　黄昏已暮
呼吸中辨认
声音里寻找
那些不想世界听到的悲伤
或破碎
柔软相遇
字里悲伤
习惯黑暗的人
喊出夜色的星光
只是让白天的折断
在夜色里倔强地复活

抚触空虚的善意
或其他沿着目光的方向
从脚下开始
湿滑奔途
梦踩着梦向你靠近
在醉与醒之间
杯里盛满了夜色
摇摇晃晃

黑暗一点一点在温暖中淹没
远处的影子
一下子照亮了整条街道

风又起
一股温暖扑满了眼睛

诗里相遇

1

两个灵魂
在诗里相遇
文字
铺就了一片灯火辉煌
朴素的热情
潜入文字的内核
洒满了鲜艳和温暖

2

珍稀的审美
璀璨的美学轻轻拔节
扭动成万条霞光
渗出的春色
足够柔软和妩媚
制造了一处又一处阑珊

3

诗人的语言之网
让他们聚集
贡献着柔情
互相救赎与拯救
在文字唯美的色彩中
做勇敢的舞者

4

一旦离开
呼吸是窒息的
发出的是年代久远的人声
脑子黑暗
步伐无法行走自己

5

紧紧贴着诗心
在文字里
诠释着单纯的梦境

见　春的季节在闪耀
不见　窗外的无名花尽情盛开

6

柔软　写满了你的双眸
不许哭　可以感动
可以笑　不许露出夏的诱惑
莲花藏于你我唇齿之间
用唯美的文字做屏幕

7

内心的颜色
在诗里净化
至真至善至美
就这么在诗里
两个单纯的灵魂相遇

雁南飞茶语

雁南飞的一片绿色
贴身枝丫耳语
起伏于山脚
攀爬于山头
一起一伏
绿色收不住脚步
相遇的音符
隐姓埋名
荒径之美从色彩中分离
散落凡尘的绝色
与无须的赞美
奔跑在风里
客家方言碰到喉咙
与茶的话
蜿蜒在起伏的山脊

一场慢慢说破的经典情事
如凉风携带松针
掠过肌肤
阅历的两条溪流

撞出慌乱又激情的水声
胸贴后背的潮湿
肆无忌惮
把心神开阔和千钧之力
一览无余

一声声
一道一道
举止文雅或放浪形骸
敲响心门
云朵在体内盛开
缺斤短两的艳语束起腰身
栖息在三心二意拆开的汉字里
不露声色地远去
手无寸铁的思念
在香水的味道里
弄疼了自己

潮湿的心·枫林地心峡谷有感

1

穿越千年
一颗潮湿的心
在富河下游南岸颤动
被一场悲壮穿插
一夜间被撕裂的声音填满
一个女人
品尝了完整的折磨

2

一颗颗的泪
毫无顾忌地跌落
沿着石灰质的纹理
水与火缠绵
一边回忆沉迷的香
一边深入骨髓
互相依赖的问候

现在还可以看到
它停留在历史的弯道上

3

一寸一寸
一年一年背靠历史
牵着日子狂奔
潮湿的心
潮汐成河
三百六十五天
始终不息
流淌千年

4

一颗潮湿的心
用泪在地壳中央
建造了一座碳酸钙的宫殿
钟乳石千姿百态
或竹笋
或玉树
或琼台
忘却月光

躲避纷乱的尘世
等待那根男人的脊梁再生
做回宫殿的王

5

脉动的心跳
贴着潮湿的崖壁
洞穿我的呼吸
踩着千年不息的涛声
拾起这颗潮湿的心
搁在胸口最近的位置
听到爱的呼唤
还听到地心峡谷
那弯弯曲曲的溪水
诉说的故事

这些年

从深夜到凌晨
从凌晨到深夜
烈马始终奔跑

刺破天空一道道闪电
划开大地一声声惊雷
借一壶自知冷暖的酒
取暖身体
寒风冷语中
涉水的脚步声
与月光一起杀出重围

疲倦的烛光背后
影子重叠的老屋
倒塌的过去
有了毁灭的美
雨似泪泪也似雨
坚硬的盔甲包裹了柔软的心

远处千百种鸟鸣声

啼叫如歌
啼叫出金黄的云片

追赶的时间
崎岖不平的路
迷茫在美丽的陷阱里
生命的火种
喷发了巨大的问号
什么时候越过低矮的生活
什么时候
自问

烈马始终在奔跑
从凌晨到深夜
从深夜到凌晨

一声叹息

内心太柔
靠在昨夜的往事
灯光很乱
不被月光叫醒
没有章法的寂静
骤停了那声熟悉的铃声
忽略了夏天的红
言语无声
含在嘴里
等心相认
一阵清风自来
惊吓了院落的绿
吱的一声裂开了新痕
一声叹息
从新痕深处流出

台阶之上

不懈向上攀登
只为在高处
与你相遇

向孤独和荆棘借魂
向汗水与泪水借魄
用文字在笔尖
撞响石壁
用墨香在纸上
点燃火山

石壁是音
火山是乐
用文字一点即燃
气势磅礴藏在内心
无声无息静在脚下

生命从日落开始
诗毫无顾忌投向苍茫
在脚下

总有一天
会被日出照亮
在高处
与你相遇

◎第三辑

时令之诗 >>>

冬至目睹一切

冬至
寒冷的伏笔
奔跑而来
沿着想象的雪
沸腾倾泻
撒向大地一张荒美的脸

梅枝轻摇
因风而起的涟漪
一股血液的誓言
从心灵的包裹溢出
决定着自己的声音
似一口青酒
与炉火相拥
喂养温暖对方的呼吸
不再有凉的恐惧
你我小口之后
被秋天的风吻过的笔调

今夜悄悄在你耳边落笔

饺子在灯下
发着细碎的光芒
袒露今夜一切的真实
凑着相偎的晶莹
一寸寸接近美的纯色

不惧天寒
抚琴的手
在我脊骨敲出键音
小心穿行
不码象形的文字
不记谱符
伴着冻僵的时针
循环

寒冷的底色都躲进夜阑
温暖静成一种仪式
想象的雪与梅心灵飘舞
琴瑟里蛰伏

这场雪又想起

这场雪是虚空的美
和真实的想念
空中握手和拥抱
曾经和现在
缱绻成一片白色的海

所有的语言被这场雪珍藏
又见雪舞
还有眼噙着的惊涛
收紧的伤口
向所有的遇见致意
伊人不见
只好向着人群中自己的失魂落魄
倾听曾经散落在雪地的笑声
贴着季节的柔软
脚印把焦急的寻人启事
贴满了这场雪

想念像一粒麦种

又蛰伏在这场雪下

等春　等煦阳
等柔软和彻底
在暗恋的侧影之下
用喧哗的乡音
把雪下的诗句一点一点
慢慢打开
隔着石碑的悲凉
昭告一炷香前
任背后清明雨纷纷

平安夜图腾

多少寂寞都在繁华前隐身
多少体内聚集都在今夜释放
圣诞树的光影
擦亮微笑
手擎的高脚杯喂红笑脸

多灿烂的夜色
就有多暗淡的感怀
八九粉黛眉
一群枣马奔腾

酒暧昧完之后
都是风干的情节

一个冬夜，迎你

1

千里白雪布景
百株梅花
暗香
十里披星戴月
一屋炉火
迎你

2

与你品酒说春山之美
说夏泉叮咚
说才子佳人之故事
说爱恨情仇
之古今

3

杳然无踪
你何处暗香疏影
是否豪门出手
挥洒黄金白银
抑或
鹰衔绝色玫瑰
劫掠了你玉洁冰心

4

独饮绵柔黄酒
与梅对思
炉火拔节眺望
凌乱初心

5

昨夜星辰　昨夜风

你在我掌心化雪
晶莹转身
我舔舐这人间之甘露
润我干燥之喉
泽我躯体　众生沉醉

6

渐行渐远
失落了春花秋梦的
大雪茫茫
捆绑了浩博的寂静

7

彻夜的醒
迎合了寂寞
雪花点亮转身
我成了影子的奴

一个冬日的清晨

雪渐渐薄下来
书写清晨的句子
玻璃上深呼吸
享受透明之外的美

梅花傲雪鸟立枝头
像遗落的诗句
静听人间
琐事
一株枯黄的野草
发现再小的风
也激动不已
庆祝着自己的心跳
一个词语
种下了倔强的种子

于院子梅花树下

离开杯盏和诗篇
你火红的回眸烧起了清炉
等待抚雪的冰凉

一个冬日的深夜

立于树影下
与夜色融为一体
推开身旁的沉沦
卸下色彩
一盏盏酱香
游于人心之内江湖之外

心间的小调
拉开了淡红色的序幕
满目春去秋来
满目花开花落
随世道颠簸多年之后
放下江湖和江山
从雪的身体里
深一脚浅一脚地走近

格子窗的朦胧

光涌过来
一扇门不善言辞
有裂开的声音

一股北风南下

一股北风钻进了汽车
鼓动车窗玻璃徐徐上升至顶
来自北方的一股邪风
黯然神伤
在狭窄的空间内
探不出曾经高傲的头
那种直不起腰的感觉
大风之外
还真不曾有过

邪风和同伙
只有点一支烟的真诚
剩下的时间
用伪装的暖意
准备在南方的海滩上
设计下一虚设

夜对于万物一样地恩宠
夜的霓虹一样挂在人间正道
直不起腰的风

似上了千里押囚枷锁
望车外的花
偷偷绽放
想到了爬情人的围墙
想到了东西南北中发白

冬雪之前

风开始堕落
与窜出的火苗
一起沉沦
与旧时光狭路相逢
与垂眸端倪图谋不轨
千金的良宵
不辞夜色
一首催眠曲
穿越青山的倒影
挽留不了一场秋雨的恩怨
酒精在胸口的滴落破绽
消逝已久的文字埋头寻着路径
把中年的优雅往高处

反复前世今生的邀约
懂得太晚
醒得太早

无法抵达高处的色彩

只盼缠绵已久的埋伏
在冬雪之前与你密集

暮雪街头

长街上呼吸
让爱恨情仇挤出
血管在冷暖中随风
守着暮雪
确认铺满的纯洁

草木深处
喊回自己的独白
刹那的忧伤涌出眼眶
淹没眼前的白

深重的境地和现实
裸足去了远方
时间和空间的约定
遗落在冬天的伤口
吻停在唇边
似曾有刚碾压过的暖

固守自己对自己的诺言
同自己一起堆积

暮雪却悄悄地消化
守不住的风景
隔着暮雪终于苏醒

北京 2020 年的第一场雪

京城又雪
比上一次认真
纯洁铺满蔓延的人心
不谙尘世的小丫
梦境中醒来
在一片白色的阡陌
裤角拽出了平仄的一行行韵脚
风搓成一股激情
雪揉成思念
温柔中尽情释放
眼神呼唤拉着呼吸倾诉
文字里爬出的蔓延
不用我说出口

一封信

冬天和雪花来到纸上
眼神点燃了火把
一笔烹煮的热带河流
千百字也许写不尽流淌
守着诺言的叶
隔着冬
想要击中春天

没有开始
不想放逐在诗的死角
碑刻旧事退回想象
也要写出喉咙的力量
种下一颗倔强的心

手握河流
用文字寻找着遥远的安慰
肉身卷雪
有温度的信件完成自我救赎

寒冷退无可退

你文字上看到的灵魂
在纸上诗歌一行
喘息在皮肤下
却是一场摧毁的台风

一场久违的雪

酝酿了一年的雪
一路小跑
奔涌而来
用雪白抱紧了黑夜

一年的心里话
迫不及待
匍匐在黑夜
尽情飞扬
诉说着久别的思念

一个窗棂的冬至

哐的一声
窗棂无可奈何倒下了
夕阳没能扶住他
伤筋动骨散落了一地
这一刻
被所有青春的词抛弃

辗转了一宿
疼痛了一个世纪
邀不来当年的清风
抓不住最后那一缕晴
夜说老了
气候说冬至了
窗棂说我要走了

与冬天相遇之后

1

一些文字
镌在秋天的叶子上
那是
为你写的信
只许你一人读

2

雪压枝头的时候
诗和信堆叠的厚度
高出窗台
承受不了你的遥远
雪花有着丰富的语言
并在日落之前
将之安放在　最后的暖意

3

浪花翻开　苏醒
你蜷缩在我不动声色的良愿里
简单的烛光　喜悦摇曳
吟诗　相爱
互为彼此

4

一切太过突然
我决断所有念想
你去到遥远的城堡
否定了夏和秋
回与不回　都是未知
我守住值得赞美的回忆
让枫叶和冬天
隔着风喊话
那话关于远行　关于遗落

5

抒情是多余的
眼神的路线短暂
心的路却遥远漫长
一杯二锅头唤醒眼睛
你搭坐的飞机慢慢变小
机场瞬间变成一个留白的句号

一朵微笑的雪

与雪纷纷扰扰的遇见
从田野中来
从山谷中来
深藏宁静的美
去掉所有无关杂念
梦退却
剩下的你
是我朴素的选择

树的心脏
不再孤独夜行
早春和暮秋
柔软堆垒成遥望
厚厚地拉长身子
被扑面而来的温暖放纵
雪顺理成章
覆盖了所有的想望

不见心心相念
贴着却心在痛

雪总是在阳光灿烂之后
很快就会消融
雪却依然微笑着向着阳光
一刀一刀
刻在树的心脏之上

挣扎在纸薄的路上

失色的结局
挣扎在纸薄的路上
被风挤得惊慌失措
三年的喂养
一路绝尘
留下一串串跪舔的痕迹

凛冽一定不属于春天
信任被斧劈
一堆疏离
开始伐木取暖

左手重负
右手无奈
挣扎在纸薄的路上
炭火燃尽
胸膛发出吱吱的声响

情人节

玫瑰与酒相遇
是一种暧昧的色调
贴着夜狂欢
都会走火入魔

酒壮胆
甜言蜜语伴奏
捧起玫瑰的娇艳

爱情和谎言
共用了一副身体

寻春者的脚印

1

寻春者的脚印
逆风行走
冰凌的刺骨
收缩黑夜的衣领
一些疼痛是雪中的春秋
黑暗破碎无声

2

小溪弯弯曲曲地诉说
急匆匆的暗语
沿途的枝头守口如瓶
不想告诉的疼
梅花用暗香的手
一声不吭地抵御寒风
寻春者的脚印
每一步落下
都有迥异的回响

冬天的膝盖
老成了秋后的模样
穿过夜幕的中年
只喜欢穿软底鞋行走
让黑夜慢慢叙述

3

寻春者的脚印
一步一步地把北风送出去
蹚出一条来不及走尽的小道
努力走向春的光芒
忧伤是寂静的
爱是寂静的
每一步都相信
春是不会辜负
每一次血液的潮起

致元宵节

收集你撒下的花瓣
碾作了尘香
悬挂于天空下的思念
熬成了蜜

用尽所有的柔软
裹紧你的香甜
像极了汤圆
甜在心里
心里只有你

春分之夜

帐篷之外

冷透

人心

是现实

帐篷之内

与孤独取暖

梦开始

秋风起

名声在外

冬雪落

最后一颗种子

埋在白沙的雪下

春花无芽

夏风吹不绿

季节轮回三年又一春

春分雨夜的帐篷内

终醒

一直醒

听到雨点
穿越帐篷后破碎的声音
地上成河
颜色是猩红

春天在哪里

暮冬转身
水泥森林中迷路
兄弟们呐喊
谁把色彩绚丽的花卷藏起
追问初春的雪
追问初春的雨
春天在哪里

春天就是那一片绿
深的、浅的、高的、矮的
从地下冒出头
从枝头上冒出的芽

春天是年轻男女的誓言
春风贴着绿色
所发出的呢喃细语
春天是美和痛的秘密
花开之前
悄然绽放的心事
关于一个季节的诗情画意

心灵飞翔找寻
在乡野的斜径上
在情感的转弯处
便能看到绿色
且那生机盎然
怎样赢得人们的爱戴
与绿色相遇
身心融入其中
和绿色并肩
站成时代的青纱帐

春天在哪里
在你我的臂弯里
在你我十指相扣的掌心里

春天在哪里
在时代前进的步伐里
在你所有努力向上的突破里

真正的春天
在人心里

与春天相遇之后

1

一颗向往春天的心
在梦里　摸到了一颗珍珠的扣子
小心翼翼地把春天打开
鲜花渐次绽放
酿造一场　集体的香甜

2

身后有人喊我的名字
久违的心跳
回头　春天怀抱着往事
一地的绿
一坡的花
布置了一场迟到的相聚
往事一页页铺开
眼神期待
内心藏着一朵桃花的颜色

未饮酒的春天
面色已绯红

3

一场春雨叛逆
打湿长长的梦境
惊慌失措
在黑暗里互相呼唤
香烟点燃干燥梦想
身体潮湿
却有火苗跳动
互相占领对方的领地

4

决心把春天交出

一颗种子的春天

一颗种子被风挟持
穿过山川、河流
跌落　钢筋混凝土森林中

寻觅土壤　　一席栖身地
风雨中跌倒　　站立
继续奔跑

安顿于狭窄的缝隙
勤劳演绎内心的渴求
昼吸阳光能量
晚取露水精华
冲破水泥缝　在墙角
长出了自己骄傲的模样

看到它　像看到了自己
春天的每一种新生
都值得我们用心灵去尊崇

不想隐藏的情绪

一条春天的河水
酒后　误入你的领地
未惊扰两岸的花草
依依不舍
从你身边流过

从心出发的糖分
在停歇的刹那　溢出
经夜色的酝酿　成蜜

蜜的繁殖

蜜　饱含迷惑之后
开始繁殖　从一滴糖分
到凝结成一条蜜的河流
只须从酒中取出火焰的时间

澎湃归于不动声色
翻看你的地理
以及文字所有标识
给孤独抹点蜜
给幸福加点盐

夜色已经赋形
河水奔跑出的风声
改写身体内的路径
把蜜香甜的浓度
撒满沿岸的花朵与草木
你始终能闻到

春的消息

我不想把春天的绿
寓意成希望
曾经多次寓意之后
失望、迷茫、挣扎
浑浑噩噩的跪舔
像极了秸秆
越干越燥
我只是把它当一个梦
秸秆伏卧之后
告别烟花
酝酿一次不顾一切的突围
要么点燃自己
要么重新站立成青纱帐

知否知否，应是绿肥红瘦

1

离开鲜艳
一朵朵的红
向掌声示意着离开
步步不舍
步步难离
疏雨骤风之后
红与生俱来的短
在流逝中寻找和辨识
五月的红
瘦在文字之外

2

四月海棠
身体装满了阳光
溢出欲死欲仙的色彩
艳过人间所有的肥绿
在张扬中安静

在安静中惊醒
低头接纳俗世的启示
抬头
倾诉着内心全部的热情

3

五月的红在酱香中沉沦
骤风疏雨之后
撕开衣襟一颗颗盘扣
赤裸一身凉薄和冷艳
一颗俗世的心
苟且自己的命运
一朵紧挨着一朵
在肥绿中渐渐地老去
和世间的万物与万事一起
坦然恪守大地的秩序

与夏天相遇之后

1

夏风湿润　阳光炽热
海边酝酿一场盛宴
那袭白色长裙
以及茉莉花的味道
烘托燥热的夏

2

当我踏入海浪里
也踏向通往你心灵的路
从一个陌生走向另一个陌生
一个醒着
另一个还在梦中
只好把夏天
存放在蓄谋已久的故事里
任酒精在浮肿的日子里发芽

3

无论如何　总是要勇敢
沿着风的手指
让波浪折叠成长信
一封封邮递
地址是你的心

4

千万朵浪花欢呼
你的歌声放牧夏天
从眼神到手指
都染上斑斓的色彩
我认真听着
海风如此优美

5

你回避了我伸出的手
海在沉默
波涛仍汹涌
蓝色的夜溜进窗来
把夏和你的味道　斟得太满

谁能知道　海边那棵树
要怎么熬过黑夜
天一亮
树上泪痕明显

6

夏的炽热如此难忘
只是大海
一直沉默不语

半个夏天

六月流火
谜一样的微笑
盯着我灵魂的某个角落
青春的交响
季节的殷勤
门缝的眼睛看常青藤
被风缠绕
听向上流淌的声音
一团憋不住的火
燃烧春情的夜潮
独自在夜
梦中的雪飘落
忧伤像玻璃一样透明
毫不迟疑
快乐私下偷袭两岸的风景
酒后
剩下了少许遗忘的脸

失魂落魄
去迎接你再次走来
只剩下的半个夏天

一季夏风的诱惑

夏风扑面而来
一阵比一阵热烈

诗歌的身体
耳语热辣的气息
词与词语试探
扣跟着纽扣解脱
裸露的繁复的美
小心翼翼地左右摇摆
兴奋中迈进
摄魂的眼　内卷着蜜
不可描述的温柔涌上
没有水润的声音
语无伦次向呢喃伸展

一寸夜色的距离
诗歌的身体和风声一起
灌满了所有的文字
敏感的字句不局限于酒吧
隐现了高粱的殷红

向大地告别
等待脱胎换骨的酿

诗歌的身体如何抵抗
一季夏风的诱惑

一个夏的午后

1

几许笔墨
几许
浅笑
温柔浸透了夏的午后

2

以文字为笛
以诗
为曲
横吹砌成斜径
通向开满花的往事

3

沉默的茶壶
盛满山泉的纯洁
被夏的火点燃

沸腾太多的隐秘心事
你的
我的
全趴在眼神里

4

爱与离愁
一部内心的影片
又一次上演

5

夕阳下的黄昏
望着夏的背
心如棉
离愁点燃了夕阳
一片金黄

季 夏

季夏是一种告别的方式
向生长告别
它体内激素的峰值从此向下

季夏也是一道绿色的休止符
写在青春的尾巴上
绿色是春到夏的所有颜色
记录了生长到生长
记录了青春到青春
庄稼的拔节声抽穗声
节节攀升声声入耳

来不及迟疑与思考
季夏的光阴落下
匆忙地向中年告别
无奈之下
向它的前半生告别

一屋的黑

1

烛光里的瞳仁
点亮了一屋的黑
多美

2

一个合适的距离
荡了秋天的舟
踱了雨水的步
放逐了身体
收回了灵魂

3

让酒杯浅到底
借 53 度的热度
曾准备了一个夏天的誓言
在瞳仁的黑白纯色

向左是甜
向右是蜜

4

曾经的鸟鸣
囔着一屋的黑
秋已沉寂
瞳仁的美点燃了烛
相互燃烧
感受彼此
却未被欲望灼伤

5

一屋的黑
是我一生的孤独
被瞳仁的美
点亮

离开热辣的夏

夏风辣沸了我的沮丧
一辆破旧老爷车
拖着嘶哑的汽笛声
洒落一路
与蔓草孤独
与稻浪染青乡野

夏天的寄语
加了辞色
细碎暗回缤纷的色彩
在成熟的糖分之外
爱的文字消逝

体内住着山水的人
山水中木屋的体内
树影和潮汐
总能从眼睛里溢出
如一面镜子照着另一面镜子
等于一些追随的脚步
或一些牵手

或诗句挤着歌声绕梁

守夜的流水
未能润泽干燥的内心
努力苦笑
虚构不出未来
嘶哑的声音
逼问伤心裂缝
已无法承受夏的短
签下盟约
不再与秋相见

麦 浪

1

摇下车窗
无界的麦浪
在热辣辣的夏风里
低头羞涩
用脸贴着燥热的泥土
听到了年少时
口哨追着笑声的欢乐合集
满眼的青黄
不染城市的风尘
只有一种颜色的纯粹
朴实无华

2

一样的土地
不一样的麦浪
只敢用目光轻轻地触摸
俯身拾起你曾经的笑脸

找回年少
在确定和不确定之间
渴望到达

3

骨感的人举起了低头的温柔
无界的忧伤铺满了麦黄
曾经没有防备的心跳
超轻的耳语
任凭你在我心自由出入
你离开
回城那天
永久牌自行车和泪
摔倒在这片麦浪泥泞
倒映出你回头的目光

4

天晴之后
收割了这片麦浪
憔悴的夏
迷失在麦浪最后的起伏
承受回忆之苦

5

摇上车窗
四十三年前就像昨天

一片秋天的落叶

1

绿叶与花的相见
在一根枝上
那一片叶
耳闻目睹着尘世的纷扰
从春到秋
唯有一颗真诚的心
静静地等

2

那一片叶
不动声色
在花开的不远处
火热的心躲在一片希望后
绿油油
默默相信
在爱的词典没有门第

3

花开美过想象

优雅智慧

叶子与花

不期而遇

一首首有雨声的诗

沿着花开的方向

越走越坚定

偶尔喊一下嗓子

花浅笑而羞红

4

月下背影相随

风中合唱烟雨风花

在一个爱的距离

芬芳悦耳

一个夏的陪伴

陶醉何止在目

因根的门第

不能牵手

手语翻译了所有的蜜

5

秋风萧瑟
花被养花的人
远嫁他乡
那一片叶无语抗争
默送养花的人和花的背影
远去
喊出沙沙的悲音

6

孤独躲不进黑夜
牵挂越念越黄
秋风再起
只见一片黄叶
不舍与花相生的那条熟悉的街
孤独地飘落

与秋天相遇之后

1

时间悄然走到了秋天
海边的那棵树
还坚持留着　尚未消退的绿色
依然想着
飘逸的那一袭
白色长裙
以及茉莉花的味道

2

在秋天
不再保持夏天的矜持
终于说出口
落魄的码头　将痴迷的隐词
从书的桎梏中释放
在诗歌的小船上
织成语言的网

捕捉秋天的风

3

秋风终起
没有错失季节
凉意在黑暗的对面清醒
翻开茉莉的香
读到了　初恋的温度
惆怅烟消云散

4

站在秋的面前
和预订好的满山枫叶一起
听一首红透了的歌曲
秋天伏在我的怀里
丰满的秀色
鼻尖触碰鼻尖
笑与笑重叠
满地红里　那一袭白
如此耀眼

5

你说　如果你愿意
如果爱还在
待我归来　春暖花开
面朝大海
一起宣读　我们的誓言

◎第四辑

灵魂碎片 >>>

晚霞与你

炽热和溜达的你
随晚霞潜入复杂的美
火红的虚幻和分量
绷紧眉骨
伸进了深深的眼神
相遇了很多静止的声音
时间尖上的轻盈和娇柔
一声不吭
像火红的晚霞
向镜头靠拢

夏天的野火随风声四起
画中的你跳入
呼吸透彻的某种气息
像晚霞的美
在我镜头由远及近
向我袭来

你来了

1

头发已如老墙一般灰白
仍一直努力
在繁华的黑夜里突围
不悲　不喜
穿过海风卷起的四季尘烟

2

梦里听见你说
你要来了
刹那悟透所有
与夜色相关的悲情
急匆匆地
我背起整个夏日的炎热
奔赴喧闹车站
那个出口　人来人往
我尝尽缓慢的滋味

点燃一支烟
狠狠地吸

3

一袭在心中珍藏了二十年的紫
在我宽裕的文字里追赶
我大声喊出你的名字
你呼吸还带有家乡的气息
那气息急匆匆地奔向我
于静默中　丝丝缕缕地
渗入我的身体
脸贴着你新生的几根白发
和儿子的笑容
一下子找到了爱情的遗址

4

虚伪咬牙强忍
心中一片欢腾
风向路边树枝　不停询问
左手是儿子
右手是你

不理海鸥远去的背影
海边的草地上　阳光灿烂
你们是现在
你们是回忆

5

这夜洒满月色
覆盖热情晚霞
床单铺陈雪白
如回到最初　回到最浪漫的季节
一场大雨淋湿梦境之后
我很欣慰
身体里的野性还活着

你来之后

1

你眼里的温柔
开在阳台的花朵里
这夏天光芒闪耀
所有灰暗色调退却
我和我们的孩
因那光芒雀跃
唱起家乡失传已久的歌谣

2

因你到了
我内心的颜色
变成了浅浅的蓝
那是海的颜色
那是你赋予我的　宽阔的梦境
如墙角植物新生
填满我往夜空洞的羽翼

让我由低处开始飞翔
不受任何海风诱惑
只朝着　你那让我神往的高处

3

你忙碌于
催促每一粒米成熟
那烟火香气缭绕
向我的文字传递
目光从书房　抵达厨房
你的背影
是一个在灯下发光的生命体
超越世间所有珍馐

4

坐在阳台的往事里
我们　凝视彼此
那岁月赐予的皱痕
共看窗外繁华
这时光寂静　屋檐无言

四目相视时
微笑有种声音
那声音弧线优美
质地温暖

我愿化作一颗烟雨尘埃

1

趴在你家后山的土坡上
化作一颗尘埃
眺望
你在院子里跳舞
舞出了花瓣
舞成了蝴蝶
舞出了侠骨和柔情
孤独逐一解脱
安静地呼吸满是喜悦
匍匐的心跳加速飞翔

2

阳光洒下温柔
你被春风叫醒之后
山坡上唱歌
尘土随风伴舞
最美的风景和声长调牧歌

在眼睛抚触的瞬间
呼吸你的气息
枕在春花秋月
把长长的黑夜
浓缩成未出口的三个字

3

世俗的风刮得很大
尘埃被吹到千里之外
历险，迷航，自我修复
千里的锤炼
春水随一道波
停歇在江南烟雨中
化作一颗尘埃
千年的等待

4

牵挂穿过桃林
宏博的心跳
山重水复你的舞踪
无法辗转
在烟雨中唱一支歌

让鸟儿吟唱让你听到

5

梨花浅黛，蝉翼散开
花开成海不愿醒来
你的眸是我沉湎的海
合奏琴瑟预演在舞台

蝶为花舞，桃花催开
梦的离愁落寞成灾
你已消失在茫茫人海
为你欠下最孤独的债

我愿隐落成一颗烟雨尘埃
为你种下千年的期待
穿越万里崇山
也要遇见你一树花开

我愿隐落成一颗烟雨尘埃
为你赴约这千年的等待
提笔一卷沧海
把你一页一页翻开

一把琴

没有你
我只是一把布满灰尘的琴
挂在墙上也好
掉在地上也罢
皆无意义
反正无关演奏
从墙上掉下来时
疼痛的声音
盖过了火车的汽笛声

这把琴曾经也欢笑过
也呻吟过
在暗夜
当你指尖触碰到我心弦的那一刻
非人前的欢愉
是游丝般的呻吟支撑你
十面埋伏之后高山流水
一阵阵雄风

穿越了我的前世今生

没有你的琴
琴身木已腐
弦已断
破败在蜘蛛网的角落
孤老着余生
暗夜醒来
也回忆着曾经的
十面埋伏和高山流水的
激情和温柔

夜的遐想

倔强把月光和星星挤走
孤独和夜幕一起落下
睡眠不能宽恕自己
用诗酒照亮着夜的黑
伸出岁月的手
能看见的全是圈养的往事

花开的声响
你手指拨过的弦
背靠背晚霞中厮守的黄昏
奔放在火焰旁的舞蹈
醉人的刚出锅的香
一直都甜的微笑

急促的香烟一明一暗的星火
顺着围墙的石阶
折一支院落的梅花
夹在有你漫步的诗句里

如果迷失在远方的灵魂

找回对夜一直抗诉的肉身

我一定用梦邮寄给你

悸动与空

1

莫名的悸动
蜷缩在不腐的流水
等唐诗宋词的哺育
洗去尘埃

2

春寒不倒流
秋风秋雨别早起
让我在夏中
玫瑰的浪漫
稍稍悸动一下未知的空
一杯酒
一把火
一杯茶
不仅仅是一棵树的缄默
悸动向未知

用的是触角
暗里去点燃一个男人中年的灯盏

3

悸动与玫瑰走散
与夏风的热辣在街角狂欢
忽然听到体内的声音
惆怅又荒寒
看街角远处的灯影
已经无法捕捉你的存在

抛物线

生活的荒诞难以透视
不停推倒与重构
在倒伏的悲欢中
再次校对生的行程
被剩余的阳光临幸
被压迫的千波万浪淹没
笑着说死的欢愉
哭着说生的苦与痛
几杯酒的率性和真
用最简朴的姿势
跪向佛
抱着齐家修身入眠
自己的灯亮了又熄
熄了又亮

海水未老

海水未老
渔船荡漾起汗渍渍的风情
欲望的声音和脖颈柔软碰触
滑向船板的坚硬
未曾谋面　破碎的声音响起

微风吹来了白晃晃的光
鲁莽扎向缭绕在船内的笑声
一直追到呼吸的源
鱼获得暗示后身体跃向海面
欲望却沉入海底

朴素的黄昏
拒绝旧衣衫降临的背影
看海水逐梦
在梦里守着心中的那点甜

辗转反侧

辗转反侧的
是北极的心找不到火苗
是岔路分不清活路
是骇浪抓不住桨
是溺毙时抓不住稻草

绝望与希望
时而交替
时而并存
与夜的黑暗对峙
绝不闭眼示弱
逼走夜的黑
直至晨的白

选 择

我选择了故乡
我选择了夜晚和黑暗
我选择了相信与不能不信
我选择了一条路的虚无
我选择了深渊和彻寒
我选择了诚信的背叛
我选择了三个四季的等待
我选择了迷茫
我选择了省略

但我不选择屈从
不选择被欺骗后的沉默
不选择把所有的真相埋在七峰山下
不选择原谅欺骗的人
不选择一个人独自枯萎与败落

放逐之后

夜的静与酒的烈相遇
总能触动低处的泪点
昏黄的灯一盏
替泪陈述
无法厘清的半世浮沉

一个善有善报的传说
叫不醒一颗蒙尘的星宿
流着泪
涤着心
在人生的轨道上跌跌撞撞

在酱香中
又落入了酒的圈套
看天上弯弯的月
如出鞘的刀刃
向着仰躺的我投射
凌乱无序的寒光

我的新鞋

仰望的姿态
被一场雨拦劫了

感性如潮水
奔跑在纷杂的夜市
江城的黑夜
伴着一颗伴狂的心
我的新鞋
被泥泞反复蹂躏

霓虹灯盖住眼睛
江水喘息
轮船张扬生命的笛声
一口欲念
化身一笼蒸虹
骗过词语迟到
骗不过虹的倒影
可怜了
我的新鞋

鞋的宿命

鞋置身于橱窗的高处
只为早些与脚相遇

出身于名门大家族
灯光下美奂绝伦
电视和机场广告牌
都是它的倩影

喜庆的日子张灯结彩
脚结结巴巴付了彩礼
鞋难违父母之命随了脚
没有嫌脚大脚小香与臭

嫁鸡随鸡 嫁狗随狗
鞋吃苦受累无怨无悔
烈日，奔波于灼热
雨天，挣扎于泥泞

脚在鞋的包容和照顾下

不用风吹雨淋
鞋每天贴着脚的温暖
也慢慢觉得幸福

鞋每天风里来雨里去
有了些灾和病
鞋匠就加几颗小铁钉
鞋忍受刺骨的痛
风吹雨打，日晒雨淋
鞋终于人老珠黄
脚慢慢地觉得鞋没有了价值

脚狠心扔鞋的一刻没有回头
鞋一个人孤独在低处
望着脚穿着新鞋渐渐远去
鞋知道这是它的宿命
默默承受

白 发

捡起白发
已经捡不起中年
衰老赶脚
岁月成灰

一个正能量的词
拿晚霞上色
白发
也有金色的光

这是草木和肉体
以另一种方式重生

我的自画像

注定童年的苦
咀嚼路旁干草的甜
仍然笑着那脏脏的脸

挨了朋友的刀
包扎好流血的伤口
仍然心存善念

掉进故乡挖的深渊
庆幸挂在树上
爬下来
仍然不计前嫌

与生活交手多次
被摔残多次
只要活了
仍然笑着前行

至少精神不想老去

其实
我是一个迷路的孩子
在诗和音乐中一直追寻
身体已老
烟雨飘摇的誓言
渴望阳光、星辰和欢乐
飞翔在心灵的寂静处
脚步可以轻
心一定要靠很近
不怕雨打湿落叶
不怕夏风的热辣
世俗的妩媚
文风的傲骨
在千年的光阴里
顺理成章
闪耀尘世所有的朴素和奢华
最终也是

在诗和音乐中
找到属于自己的洁白
不肯轻易被染黑

我回来了

时间的手一阵爱抚
折成学生的时光
皱过眉
擦过汗
思考放在眼的平行线上

享受粉笔灰孤独的舞
享受虚无的上课下课的铃声
教室窗下的海棠树
花开在五月
魔术师的手
把三十年前的你
变回现在

我已经在树下
等了三十年

一地镜片，看不见你之后

1

那碎了一地的镜片
与刻骨五内
落入尘埃
忙碌四季
想收获另外的一种蜜
赤裸的脚步
邮出了最后的信笺
失声于眺望
一切开始沉默
迎着逆流
翻开季节的内容

2

鸟必须飞
把风穿成裙子

奔跑如一道闪电
凌空
吹开天空

3

互相喜欢的关系
爬不过山顶
又爬过桃花的问候
向前是酒
醉在你怀里
往后是冰
冻结在你的囚狱

4

时间搁浅了永恒
低头咽下痛苦
躲避苍茫
没有眼镜的泪
总是没有阻隔
漂泊成河

认真爱过
回头已经看不清
你飞的样子
那碎了一地的镜片
漂泊于未然

一个红绿灯路口的臆想

1

也许
只是为了从失意的梦境逃离
也许
只是在厌倦等待中思考着冬
红绿灯中站久了
风太妖娆
雨太暴躁
大厦背后的山峦都累倒了

2

仰望
被尘土的欲望埋葬
低头
默默搭上笔的顺风车
厚茧的手
沿途努力去翻开未知的扉页

3

通往崇高的流云
一只小脚
岂是一个平常人能看透
老去的音节
从咬紧的牙齿中缓缓析出
在这个站得太久的路口
用笔的尖峰
在扉页中刻出唯美
也许
向前能以另一种方式重生

4

被尘土蒙眬的眼睛
在一声刺耳中醒来
刹车的人
微笑着指了指红灯
善意
在生或死的缝里
溢出了那一束光

歌　声

有感情的歌声
可以将时间击出金属音
也可以击出哭泣

时间的嘀嗒或放浪形骸
世间冷暖或变幻
始于尖锐
终于极端

凝视的目光
改变了一进一退的分寸
颠覆长短
改变曲线
在音符分不清的界限
击出了灯光和炊烟
歌发育的喉和眉目
沿着交割的痕
沉淀着原始的故事

歌的尽头道尽行迹

唱得响亮
心的低吟

重温一片历程
伴着溪水倒行
叮咚的声响
其实是我原声

再见江南

尘埃中等待的空
把别情延伸
植入江南的烟雨

乌篷船划动的桨
漾开了凝固的倒影
衬托出一种不着边际的静

夕阳无限
阁楼琴键上跳动音符
在窗上酝酿之后
落入船头的耳朵上
虚拟情节里伏笔

漉漉心事
爬满了黑瓦青墙
躲在尘埃的光束里起伏
等待江南烟雨的渲染

析出养分
灌溉
心沉甸甸的质感

风　筝

1

风和筝在空中相遇
筝的缤纷
连着一条看不见线的资本之手
东风如借给筝
手已经在紧松筝的线
风筝飘摇直上
共同命运寄于高处
越过屋宇、七峰山
仙岛湖之上
风还有仰望

2

筝以多种色彩和灿烂在空中
飞翔
风怀着一颗狭隘的心
从沙缝里睁着一双短视的眼
从景观大道的头

看不见一公里的远
凭什么我的东风借与筝
宁可是贴着地上的风

3

筝只是想和风一起成为风筝
一起飞翔
一起飞于高处
风自私狭隘
眼光短浅
筝不能答应风太高的要求
筝飞过北方与远的南方
见过坠落的风险
筝想飞得远一点
久一点
安全一点

4

牵着筝的那只手
三年半之后
终于忍无可忍
断了风筝的线

拉下了筝不肯低下的头
筝趴在一堆白骨之上

5

筝
终于失去了线的手
也就等于失去了生命
弱弱地问
风
你好吗

土名壁虎

攀爬在墙上的相思
与深扎在地下的灵魂
是禅意的一体

紧贴着墙壁的希冀
繁复着生命的问候
一半虚悬
一半真实
根在地下更有时间的重量
叶在墙上斜着向上的星空
秘密地活着
把壁虎的修辞
流放在爱情的体温
不会发出伤悲的回音
也不会有马头琴的断弦
抚触别人的目光

深藏地下的爱情
布满了血丝的夜眼
看永恒面向

最终用死亡接近的本质

没有唇语
生命的色相在佛的领域
只能让相思继续攀爬
灵魂摆渡向地心的更深处
在两极
把相思布满
让爱无处安放为止

血　月

被血月催发的一行清泪
把往事一幕幕收拢

荒废的剧情
像极了荼靡的花
尾随在尘埃满天之后
微笑也会跃出
不能控制的皱纹
挂在与岁月
一轮一轮的告别里
星星开始怀旧
总是孜孜不倦说着过去
心开始有了禅修
总希望在佛道虔诚中祈祷
黎明破晓
下沉的心脏
在万物失色之中
需要激情的词语勃起

灰白的乱发

是血月盈亏在凡尘
命运需要不停的时间校正
也需要不断调整行程的速度
在下一个血月来之前
把乡音呼得更浓烈

漫步 1

夜奔随风潜入
美好的源头
布满了微弱的星星
深情的叶子
俯身你的凝视
等野火吹来
殷红一个夏夜

精心挑选的月光
两个想谋面的远风
在一条大道旁的小径
开启双方心灵的钥匙
在一首诗中相遇
交错的阡陌
一起同行
在栀子花的司空见惯中
冲不出爱的沼泽
嗅了一下花香

退守在各自的孤独
一个深情的眼神送别
或是再见

漫步 2

确认过眼神
如莲花湖的水
把脸埋入清澈见底
找到了血液的潮汐和浪涛

二十四坊的歌声
撒下了一张网
捞出一颗搏动的心
隐幽的方寸
扎紧柔软
在一杯花茶两端搏动
透穿夏风的辣

梦的尽头

梦的尽头
被一束光照亮

语言的极限
散落在夜的深处
夏风压下湖面
不开放一寸涟漪
聚成了众生的模样
从黑夜到黑夜
从梦到梦
触摸了复杂生命的表层

睁开眼睛
苦难的章句
涌于慈悲
晨曦的白洒向大地

见证了一种巨大的美

梦想与现实又一次切换
在梦的尽头

火车的宿命

两条平行线中
急驰相遇
积攒了千里的一眼相望
仅仅只能
互相撕心裂肺的一声长鸣
声速于鹊桥
不达后
哭声从空中跌落
隐忍在铁轨的两旁
花蕊的露珠是你的眼泪
催黄的树叶是我的心伤

把再一次相遇
喂养前方
把爱抛向身后
远去的你

其实早已物是人非

永远不能拥抱
早已注定
因为这是火车的宿命

窗

它如此真实地存在
像是你的眼神

一开一关
动态的性感
上演了惊心动魄而又迷人的剧情
灯光浮荡的夜
心灯点亮
你的温柔与妩媚
赐我迷蒙的温暖
开
流出的不是眼泪
却是悲伤
关
流不进的不是拒绝
却是命运断层

清流是我
浊浪也是我

你的一开一关
可以让我粉身碎骨
也可以让我起死回生

一条叫黄埔涌的江水

1

晨曦破晓
一条叫黄埔涌的江水
决定把自己放逐于光明
不惊不扰
由心出发向东
向一生重要的章节奔流
把繁华与灯红酒绿
抛向身后

2

忐忑的脚步
脱下了半生纠结
坚定了向前的路上奔跑
脸庞向阳
渴望飞成了一双翅膀
迎接洒下的光芒

3

水浸染得太久的奢靡
终究被书香净化
酒后的一切胡言乱语
也终究被暖阳覆盖
一双诗意的手
在此刻晨曦
画出风景绮丽

4

一条叫黄埔涌的江水
从来都不知道会流向哪里
他只知道向前

一个外号小蛮腰的塔

1

被一种气势所震撼
被一种妖娆所吸引
一张钢筋混凝土的蜘蛛网
一道珠江南岸的奇观
名字叫广州塔
外号叫小蛮腰

2

以地标的高度
以少女的千媚
横空出世
在繁华与繁华中绽放
将心放逐
将五彩打开
书写一座建筑之美

3

无数的赞美和荣耀
不停歇地被倾慕者合影
填满白天与黑夜

4

空心非无心
心是感恩之滔滔江水
向低处隐去

5

每每怀念织网的蜘蛛
心蹲在低处
噙着感激
听老去的蜘蛛
唱着儿时的歌谣

穿过湖工大的那条巡司河

背靠湖工大的水杉树
看这条穿过湖工大的巡司河
奔腾而来，缓缓而过
内心的水系纵横交错
冲动想探索它的前尘往事

这片辽阔的水域
隐藏着南北朝的胎音
翻过八分山北麓
饱含泥沙俱下的苦难
经过多少摔打
由溪汇成河
经过多少曲折
汇聚成浪
穿过湖工大的校区
厚德博学追寻真理的光
求实创新推倒无知的墙
在湖工大知识的海洋

终学成汇入时代的长江

十六公里的曲折人生路
是巡司河的一生
它承载着河水之川流不息
为时代的长江输送滔浪之水

韩家山

韩家山
这座用心攀爬半生的山峦
到了中年停歇在脚下
是时候了
必须重返那个刺塘的村子
接受北风吹
从风中辨认
儿时爷爷奶奶的呼唤
站在坟前
野草密密麻麻地向我聚集

灵魂搀扶着肉体
亦步亦趋
只带回了自己
带回了酒熏坏的嗓子
在小学操场上
对着韩家山重唱兰花草
重吼一把信天游
可是那些风一样奔跑的红领巾呢？

这些年村里人陆续外出
带走何止书声琅琅
还有大雪纷飞时燃起的篝火

阳 新

又到莲花湖
灯光隐藏的记忆
刺穿湖面
寒冬与春暖
原来只隔一瓶酒
城东与城西
也只隔一座栈桥

那只破旧的船不见了
离别在记忆
杂草丛生的岸上
足迹与足迹重叠和消磨
我划船
你的长发迎风
谁说冬天
不能有春风沉醉
谁说雪地
不能有茉莉清香的裙摆

一座雄伟的栈桥

由城东到城西
一瓶酒夜色催更
湖面改变了姿态
光与影
勾肩搭背成了兄弟
在老夜市的火锅里
煮沸的是浓郁
翻滚的是泪花
一瓶酒之后
想起曾经你的笑声
掉进了湖面

要喊就喊吧
向湖面喊　曾经
要唱就唱吧
向火锅唱　现在
不需风的壮胆
不需伴奏的扬长
把酒言欢

夜再长也都把晨曦喊白
再久远也都把曾经唱成现在

弧度·湖

大地上每一个湖
都是一位母亲

对密布的乌云
接受了所有无家可归的雨点
对火红的太阳
奉献所有的净化的甘甜

远离繁华与喧嚣
滋养着湖边的花草
欣赏柳弯的女儿腰
与一排排农舍
相夫教子

湖面的浪花
是胎儿的太空步
湖面的水纹
是孕后的妊娠纹

她把爱之弧度

藏在湖底
把一点一滴的温柔
聚成湖面

她躺着是为了孕育生命
她站着是为了抵抗所有的侵略

湖北有一个湖
在阳新

弧度·弓与箭

弓是最有魄力的弧度
却亏欠了箭的一生
危险中相遇
刚刚用尽所有的爱
一个深情拥抱之后
箭
却被迫远走他乡

箭为了弓
无怨无悔
因为她知道
这是他们的宿命

击败之后

我被粮食的精华击败
躺在别人狼嚎的沙发上
听孤男怨女疯狂的对唱
没有能力抵抗世俗的力量
站起来
只能随波逐流
不知道流向哪里
随它吧
坚信明天一定可以站起来
向阳光宣誓
昨夜的纯真

签收自己

另一副自己的皮囊
深陷过去凝神的眼
看不清月亮和星星的秘密
淌着语无伦次
仅剩叹词
寻找着自由的栖息地

挥别霓虹灯
拽住最后的中年
穿越初夏的伤感和窘迫
途经秋雨飘零
面对无法抵达的高处
有时迂回
有时折返
把中年的坚决
完成了一次又一次的叙述

脱掉华丽外衣
用肉身受着
太阳热辣的鞭

不分辨糖分或盐分
躬身丢弃世俗的野
波折、救赎、信念、挣扎
只是都在路上

在湖畔桂花树下
嗅着花香
面对走来一路湿困的伤痕
用琅琅读书声
签收了自己